La journée pizza

Adapté par Rebecca Potters
Texte français d'Isabelle Allard

Catalogage avant publication de Bibliothèque et Archives Canada

Titre: La journée pizza / adapté par Rebecca Potters ; texte français d'Isabelle Allard.
Autres titres: Peppa's pizza party. Français | Peppa Pig (Émission de télévision)
Noms: Potters, Rebecca, auteur. | Astley, Neville, créateur. | Baker, Mark, 1959- créateur.
Collections: Peppa Pig (Scholastic (Firme))
Description: Mention de collection: Peppa Pig. | Traduction de : Peppa's pizza party. |
Ce livre est basé sur la série télévisée Peppa Pig. Peppa Pig est une création de Neville
Astley et Mark Baker.
Identifiants: Canadiana 20220207488 | ISBN 9781443198301 (couverture souple)
Classification: LCC PZ23.P6779 Jo 2022 | CDD j813/.6—dc23

Cette édition est publiée en accord avec Entertainment One.
Ce livre est basé sur la série télévisée Peppa Pig.
Peppa Pig est une création de Neville Astley et Mark Baker.

© 2022 ABD Ltd./Ent. One UK Ltd./Hasbro, pour cette édition. Tous droits réservés.
Édition originale : 2020

Édition publiée par les Éditions Scholastic, 604, rue King Ouest, Toronto (Ontario)
M5V 1E1, Canada.

6 5 4 3 2   Imprimé au Canada 119   23 24 25 26 27

MIXTE
Papier issu de
sources responsables
FSC® C103113

C'est l'heure du dîner dans la maison de Peppa.

— Est-ce qu'on peut faire des pizzas? demande-t-elle.

George adore la pizza! Tout comme Maman et Papa Cochon.

Peppa a hâte de commencer. Mais d'abord, tout le monde doit se laver les mains. Ils frottent avec de l'eau et du savon pour qu'elles soient bien propres.

Puis ils rassemblent les ingrédients.

— Pour faire des pizzas, il faut de la farine, dit Papa Cochon.

— Et des tomates, ajoute Maman Cochon.

— N'oublions pas le fromage et la garniture! continue Papa Cochon.

Un instant! Il manque un ingrédient!

— George aime mettre de l'ananas sur sa pizza, dit Peppa.

— De l'ananas? Sur la pizza? s'exclame Papa Cochon. Je pense que c'est illégal!

— **Ha, ha, ha!** pouffe Peppa.

Papa Cochon fait des blagues. Ce n'est pas
illégal de mettre de l'ananas sur la pizza.

C'est le moment de préparer les pizzas!
Maman Cochon met la farine dans un bol. Elle ajoute de l'eau. Ce mélange deviendra la pâte à pizza. Miam!

Maman Cochon saupoudre un peu de farine sur la table pour que la pâte ne colle pas.

Puis, avec leurs mains propres,
Peppa et George pétrissent la pâte.
Bam! Bam! Bam!

— Je suis forte! dit Peppa. George
aussi!

Ensuite, ils séparent la pâte en quatre boules.
Maman Cochon étale les boules de pâte avec son
rouleau à pâtisserie.
— Oh! Ça commence à ressembler à une pizza!
s'exclame Peppa.

Maman et Papa Cochon font une
sauce avec les tomates. Peppa et George
l'étalent sur la pâte.

— J'aime faire des pizzas! dit Peppa. *Groin!* C'est amusant!

Il faut maintenant garnir les pizzas.

— Est-ce qu'on peut faire des visages avec la garniture? demande Peppa.

— Bien sûr! dit Papa Cochon. Je vais mettre des champignons pour les yeux et des olives pour le sourire.

— Et moi, je vais utiliser des oignons pour les yeux et du basilic pour le sourire, ajoute Maman Cochon.

Peppa choisit du maïs pour le sourire et des petites tomates pour les yeux.

George prend l'ananas pour faire les yeux et du fromage pour le sourire.

Maman Cochon enfile des mitaines pour mettre les pizzas au four.

Lorsque les pizzas sont cuites, Peppa, George, Maman et Papa Cochon vont les manger dans le jardin. Les pizzas sont délicieuses.

— Ce sont les meilleures pizzas du monde! s'écrie Peppa.

Peppa adore la pizza.
Tout le monde aime la pizza!

Crée ta propre pizza en dessinant la garniture ou en ajoutant des ingrédients en carton découpé.